如果火车突然停下

吴治由 著

中国青年出版社

图书在版编目（CIP）数据

如果火车突然停下 / 吴治由著 . — 北京 : 中国青
年出版社，2023.12

ISBN 978-7-5153-7193-1

Ⅰ . ①如… Ⅱ . ①吴… Ⅲ . ①诗集－中国－当代
Ⅳ . ① I227

中国国家版本馆 CIP 数据核字 (2023) 第 254641 号

如果火车突然停下

著　　者：吴治由

责任编辑：侯群雄　岳　超

特约编辑：王　萱

封面设计：鸿儒文轩·末末美书

出版发行：中国青年出版社

社　　址：北京市东城区东四十二条 21 号

网　　址：www.cyp.com.cn

编辑中心：010-57350401

营销中心：010-57350370

经　　销：新华书店

印　　刷：三河市华东印刷有限公司

规　　格：880mm×1230mm　1/32

印　　张：8.25

字　　数：155 千字

版　　次：2023 年 12 月第 1 版

印　　次：2023 年 12 月第 1 次印刷

定　　价：58.00 元

本图书如有印装质量问题，请凭购书发票与质检部联系调换。联系电话：010-85707689

目录

卷一　看见

卷二　长风

卷三 字纸

卷四 短歌

卷一

看见

广场上

新修的广场上，又运来一批
周身缠满绷带的树木
很随意，就堆放在路旁
有桂花、银杏
和鲜为人知的杜英

后来，走过来一群人
将它们扶起，搬运、栽种
插管，挂上吊瓶
再用木条打上支撑架

有一段时间，傍晚散步
看到它们，总感觉
就像从战场上
刚撤回来的伤兵，一个个
挂着拐杖，依旧
整整齐齐地站立在广场上

村小

有一次，周末回坪洋村
经过村口，女儿忽然
指着窗外的一道旧围墙
问：那是什么地方
根本不用刻意侧脸端详
我就自信满满地说
那是老爸小时候
读书的地方
想了半天，女儿接着问
那为什么校园里
现在都长满了杂草
难道它们，也像我一样
每天都要读书和写作业

无犯罪证明

到派出所开具无犯罪证明
因走错窗口，误听一个老人的警情
四天前，他四十岁的儿子
（居然与我同龄！——）
到马来西亚走亲戚，回国时
起飞前的一通电话，之后
就再无任何音信

老人告诉接警员的话，仿佛
也刻意说给我听
整个过程，他一直都很平静
就仿佛在说一件与己无关的不幸
只有一旁的我，暗暗心惊
觉得，此事若与我毫无瓜葛
那么我就是那个失踪的人

终于

两个多小时，终于有了动静
车辆开始向前
一点一点，挪移，一辆一辆
紧跟着，经过车祸现场

那情形，就像我们排着队
在参观别人的不幸
更像遭遇的不幸在检阅我们

拓印

身边有一位书法家朋友，远赴
北方某地，去拜谒一块
魏晋时期的石碑
用随身携带的工具，小心翼翼
拓印碑上的汉字
和石头苍老的纹路，卷成一卷
背回来，钉挂在墙上
一边慢慢欣赏，一边慢慢研习
欣喜的样子，就像
此行带回来的不是一张
拓印的宣纸，而是一块
被魏晋之人精雕细琢的石头
甚至风骨

等女儿的时候

等女儿的时候，我选择
枯坐车里，紧闭窗户
成为自己的世界
那些在街边走动的行人
那些穿行而过的车辆
那些从商铺里传来
撕心裂肺兀自伤怀的音响
那些被风摇落，击打在
挡风玻璃上黄的绿的树叶
没有一样，能惊动我
和带走我的一点点视线
而我始终相信，那时的我
就是一块磐石，一心
只想女儿背着新买的书包
蹦蹦跳跳出现在校门口
蹦蹦跳跳穿过马路
吧嗒——

一把拉开车门，跳进来
喊一声老爸，喊一声走吧

杀鱼

被捞起来的两条乌江鱼
在地上，拱来拱去
未被捞起的，依旧
挤在簸箕大的一个水盆里游
像在抱团取暖
更像在等待一场集体的赴死

卖鱼的问：杀了
买鱼者沉默
只见一闷棍下去，鱼像遭到电击
抽搐，发抖
还张开鳃拼命呼吸

切坨，还是打成片
卖鱼的又问
买鱼者依旧不着一言

当放上砧板的第二条鱼

再次滑落下来

卖鱼者感慨：还真滑——

至此，买鱼的才打破

沉默，却又只嘿嘿一笑

仿佛说了什么，又仿佛

什么也没说

推着清洁车的中年妇女

推着清洁车的中年妇女
再次从门口闪过
如果，没有记错
上一次是推过去
这一次是碾过来
其中一只轮子的吱吱声
竟让人听出
她弯腰、驼背、认命

每一样，无不都在
表明，那是她
在用心推动一盘石磨
不是石磨太沉，而是
石磨需要奋力咬合
才能把盛产于日常的
各种艰涩与颗粒
——嚼碎，再吐出来

做成米粉、面条，或豆浆

便于下咽

流水

流水声，并非来自山野清泉
并非途经老屋的窗外

流水声响个不停，那是
流水在跟流水说话
至于偏执者，则会将此说成
流水在训导流水

实际情况是，水声从入户花园的
鱼池处传来，且昼夜
不停，像一种来历不明的香气

更像一颗术后的心脏，还带着
电

影子

去年秋天

我背靠一棵银杏

午后的阳光正好穿过树梢

混同纷纷飘落的叶片砸下来

模仿雨中的湖泊

在我和大树脚下荡开一圈一圈斑纹

有那么一瞬,我不是把阳光

错认为一片树叶,就是把

一片树叶错认成阳光

要将其一一掸掉,可它们

却有如旧疾,刚刚

从这里掉落

又在别的地方闪现

野火

我们过不去的沟和坎
野火替我们过
我们不曾遍及的草坡
野火替我们走
我们不曾穿越的树林
被野火击穿
我们不可企及的高山
被野火轻松搞定
我们张望野火的惊慌
被野火披在身上
壬寅秋和癸卯年春夏
某个干燥的午后
野火冲冠的怒发
被天空一把抓在手上
摇了又摇　摆了又摆
像拎着一个刚斩下不久
密布血痂的头

记忆，或被重读的玛雅

在重读玛雅石堆之前
我曾看到一个朋友在朋友圈里发
这个城市已被拆除多年的
老火车站的照片，和他
愤懑的留言

两个本不相关的事物
仿佛就此有了粘连，可你
始终弄不明白，拆除
与来不及拆除，为何总是令人
动了恻隐

诗人

同事将开水装进水壶，拧紧
一边拧，一边有水
滋滋地喊着叫着，不断溢出

她不停地换手，就像
抓在手里的是一个，尖牙利齿
还四下乱咬的怪兽
我们探讨其因由，是热胀
还是水壶的外盖没有松开——
她却突然说，"就像一个
刚离婚的男人，满肚子
怨气，总得找个地方撒出来"

我也发现了，地上的
那些水迹，似乎刚好相反
无论怎么看，都像
一个离婚女人

在不为人知时，抱着自己
一阵恸哭过后，流放的眼泪

衡量

最终，我还是辜负了父亲的嘱托
不能亲赴一场亲属的丧宴
转而让堂哥帮忙
送上薄礼一份，以示哀悼
可在电话里我们只谈论礼金的多少
至于死亡，却只字不提

类似的情形，同样
也经常出现在一场婚姻与新生上

卧虎

如果，只截取身体的某个片段
你最先会想到什么——
管中窥豹，还是，盲人摸象？

你是否会被那黄黑相间的文身，劫持
一如一岁半的儿子，抱着一只
玩具猫，在亲，在喵
你是否会想到，一个穿虎纹衣服的人
慢动作高举着肱二头肌

这一切，绝对与你无关
你平日无事时虽也睡长长的懒觉
如画中卧虎，也会
冲一只有失礼仪的蚊子龇牙，打喷嚏

有时，也压迫胸腔
发出一阵阵，低吼

无非，为了再次释放

人至中年经常泛滥的困倦，与虎意

悬崖

题记：危楼高百尺，手可摘星辰。

高楼，如果就是悬崖——

据此，我该是个
多么不称职的丈夫，以及父亲
这些年，一直携家带口
在悬崖上安家
却从未真正感受到
随时都可能，发生的危险
甚至有时，还置危险于不顾
把凭窗当成远眺

枝蔓

望向高处，我们看到树木
举着的摇摇晃晃的枝蔓，不是枝蔓
垂目低处，看到被地心引力
牢牢拽紧不放的枝蔓依旧不是枝蔓

枝蔓在枝头之外勃然生长
有时很细微，只轻轻一点
就能够把整个天空摇晃，落下惊雷
有时猛烈，摔得满地破碎
却还可以赤脚踩在上面

认领

就像女儿放学回家认领作业
我认领了厨房
就像女儿认领作业中的一个错别字
和不小心摔坏的玩具
我认领了一个人独坐时
忽然，惊现的过往

学步谣

儿子推着塑料凳，在三十一楼的
客厅里巡游。每推一次
光滑的瓷砖就发出一声
应和似的啸叫，每推一次
就像有六条腿同时悬空
在大地上移动

——儿子把塑料凳推倒后突然翻转
给我们制造了一次，危险
降临的假象

漂流瓶

应该是，从出生后就开始的游走
我就是那张写了字的纸
被塞进这只以天为瓶身，以地为瓶底
以太阳为瓶塞的漂流瓶中
一直漂流，也一直幻想
若不是自己靠岸，就应该被什么人
在漂流的途中，捞起
并用痛击不幸的手，打开，读其内容
懂与不懂，其实无关紧要
重要的是不要让一口气憋得太久

我曾

我曾坐在人来人往的人民广场上看人
那些被我刻录进脑海的人，他们
早就被忘得一干二净
如今我坐在单位食堂一边吃早餐
一边看人从刷卡门里，进出
有时，他们也看我。远或近，男或女
年轻与衰老，有职务的、没职务的
在编的、临聘的，有一些面孔
我叫得出名字，有一些，一个眼神
抑或一句什么哼哼就可以略过
有时我也默默数数，就像失眠时
自觉排队的羊群。数着数着，就忘了
数到了哪；数着数着呵
我就忘了数的是人还是羊
只在回过神来的刹那，发现对面
坐着的那个年轻女孩，一直低垂着头
以发遮面，不敢多看我一眼

攀爬

对于一座山来说，爬在它身上的我
应该，是一只小小的瓢虫吧

对于一只刚爬上裤管的瓢虫来说
我应该就是它眼里的大山吧

如果，我正汗流浃背往上一点
一点，蠕动着奋力攀爬的大山
忽然心生歹念
会不会将食指和拇指，偷偷
做成一张绷紧的弓，并突然开火

把花了半天
好不容易才爬到半山腰上的瓢虫
瞬间，一把打回原地

急流

一枚落叶，抱着风拉上秋天
迎头砸向急流的肌肤
入水的尖叫，轻轻松松被急流
奔跑的脚步声，吞并
当然，落叶也就此搭上了
开往大海的列车

急流，遵循河床的规则
肥瘦与深浅，甚至一生行走的路径
可又有谁真正明白，急流深处
泥沙与巨石逆着行走的因由
急流一路心慌意乱
为何，还要相互推送

清明

先在爷爷的坟上宰了一只雄鸭
后在奶奶的坟上杀了一只母鸭

有一段时间，每次去活禽市场
只要凭空里听到嘎的一声
他都禁不住回头张望
总感觉是在喊他

在高处

树木被砍倒，剥皮，放在天底下
风吹、雨淋、日晒，再用刀斧
削直。在身上钻孔，让树木以
木条、木枋、木板，木楔和梁的形式
相互对穿，走直走正后，铆紧
做成房屋。把被树木抱着吮干
又一脚踩在脚下的泥土，一次次
搅拌、敲打、切割、燃烧——
九九八十一难，之后，终于得以
以瓦的形式骑到树木头上，高过目光

黛玉谣

三岁的女儿，尚不足以知晓黛玉

黛玉葬花更不消说

她带着悲伤冲出房间

把被玩具误伤的手指展示在我眼前

为安慰她，我给了她一个创可贴

女儿七岁，依旧不知道什么是黛玉葬花

有一次突然脱掉袜子

露出跳舞磨破了的一个脚指头

红着眼眶，却只为

向我索要一个小小的创可贴

错觉

一只公鸡站在纸上，也就站在
纸上的一块巨石上
而那块巨石，就是另一个地球
一只公鸡站在客厅的墙壁上
那墙上的白就是它一生的风雪
每次，看着光鲜靓丽的它大张着嘴
就有一种连打鸣都很李白的错觉
昂首、挺胸、收腹……

可它发出的声音，却似乎
从未跑出过笼子，又仿佛
早已力透纸背，就像我们
太过疲惫的肉体，穿透棉絮
既不嵌入床板，也不只是沉入大地
无论对方如何一次次《将进酒》
置身于同一个笼子的我们
满耳盲音

吻痕

在水边，凝视水的时候
水中也有一个人
探出头来，与我对视
只是那时候，人间的风
不停，制造了
我们互不相认的可能
可有时，我总认为
眼前的湖水，是天和地
这张大嘴张开后
吐出的一截空空的舌头
每舔一次河岸就带走一层泥沙
每舔一次心里就留下一圈吻痕

胎记

一个爱好收藏的朋友
将一只杯子，从盒中
小心翼翼请出
推至灯下，旋转、翻动
像故意卖弄某种玄虚
他指着杯体上的那道
似云非云
似龙非龙的纹路
一个劲描述他的奇遇
以及不可估量的价值
感叹。摇头。
那时候，自然让人想到
这极有可能
与师傅的一次失手
和窑温的一次突然升降有关
仿佛意外总能造就奇迹
可有时我也在想

如果，这杯子等同于
一个新生的孩子
那窑变，等同于胎记

回应

海浪冲向沙滩，又退回
涨起来的潮水，又退回

一个人分两次站在海边
两个人肩并肩站在海边
来来去去的人，站在海边

安静。呼吸——
一边在看朝阳如何把大海
从天边一点点撬开，一边
又在看，苍茫
如何把落日打败

大海

飘过去
荡过来

要不是滑板车的
彩色闪光，要不是广场上
路灯的昏黄，我一定
误以为六岁的女儿，不仅
懂得如何驭风飞行
还深谙，如何用两只小脚
将夜晚连同大海一起，摇晃

大雾下山

临近中午，大雾就开始下山
不再需要被山顶上的树举着
不再需要被树梢上的风雪举着
不再需要一座山
或一群山，一直处于
时刻的紧张，也不想
用额头一直顶着一座山
漂浮，旋转个不停
甚至雕刻虚空，被误以为是云
或轻浮之物。它要从高处
顺着森林的苍莽，一步步
走下来，走向低处，它不惧怕
山的险峻和悬崖的陡峭
也不在乎什么群山绵延动物凶猛
与河流湍急。它要从山上下来
主动放低自己，施展身段
到低处的城市和村庄走一走

到人与人之间走一走

拉近距离，直至交融，互为彼此

踏空

杉木湖公园边上的两座山
一座建佛手
一座立高架
在佛手和高架之间
铺一条
离地两百多米的玻璃栈道

有人贩卖悬空
就有人出手购买刺激

一个一辈子小心翼翼
贴地行走的人
走上去，是不是
可以理解为
此生终于也踏空了一回

有时候会看到

几个叽叽喳喳的年轻人
像在玩踩影子游戏
真相竟是，低处的公路上
挤满了影影绰绰的
车辆，行人

我看过的

看斗鸟，看斗鸡，也看斗牛
围成圈的人
满目期待
满面笑容
满口谈论
仿佛，看别人的争斗
与血洒疆场
是一件无比开心的事情

我没看过的
别人替我看过
依旧是里三层
外三层，挤满
看热闹的灵魂
多年后，我已不关心这些
只是偶尔还会感到纳闷
有时梦里，也还会

出现一个电影中的场景——

角斗士
手持盾牌和长矛
眼神充满杀气
恨恨地，狠狠地
环顾，然后，一跃而起

我看过的，使我热血沸腾
同样的，也使我心灰意冷

对峙

一座山坐在雾里，就若隐若现了
一座山坐在晴空下，四周坐着更多山
一座山一旦坐进夜里，就成为漆黑的一部分
将又一次成功躲过追击
去年冬天，一个落雪的中午
如不是一阵大风
把一阵寒意随手拍进房间
我不会发现，一座坐在窗里的山
在与我悄无声息对峙了那么多年后
也瞬间白头

洪流，及其他

六岁多的女儿给气球，打气
她一手一手地推
她不知道，这是在将空气
从一个更大的球体
转移到一个更小的球体内

我用既有的经验告诉她
要适可而止
气球的承受力，有限
看不见的空气，压缩
到一定程度
也会瞬间变成洪流——

冲破禁锢和封锁
威慑力多么强大的一个词
吓得女儿突然一阵紧张
松手，气球飞走

片刻的寂静过后
女儿的快乐仿佛才找到了出口

地毯

婚礼散场，宾客也就散了场
仿佛梦一场
满桌子东倒西歪的杯盘
满大厅醉醺醺的狼藉
至于那张铺在舞台上，红彤彤
被假扮春天的花丛
过度簇拥，让新郎和新娘
当众表演从此生死相依的地毯
被打扫卫生的阿姨
卷成一卷，猛地
举起，吧嗒一声扔在地上

虚无与空

露台上有时候会飞来一只鸽子
有时候两只
它们在女儿墙上，四处张望
咕咕，咕咕
一只跳到地面，埋头
钻进我在三月种下的蔬菜丛
接着，是另一只
它们走走停停，伸长脖子
小心翼翼目光逡巡的样子
多像有一次回到乡下
我跟着父亲去认领家里的山林
后来，鸽子扑腾翅膀飞走了
一只，两只，三只
就连影子也带走得一干二净
再后来，露台上又落了鸽子
麻雀，和别的鸟
与之前落下的鸽子一样

它们重复演绎着相同的情景
咕咕，或者，啁啾
就仿佛我们忽然抬起的手
不一定是想摘下些什么
有时候是冲着虚空打一个招呼
有时则是撒了一些陈年的秕谷

木鱼

忽然，想起多年前
去一个闹市中的禅院
随着一阵门板的低吟，与高墙的摇晃
我们的脚步，瞬间掉落
在离人间仅一墙之隔的地方
烟熏袅娜，草木生香
如不小心误入人生虚设丛林的春日晨昏
在那些等待的间隙，借一尾
穿过厅堂的阳光的箭镞
和敲打木头的声音，终于看清
哦，那是一颗更小的头颅
在两颗更大的头颅之间
摇晃

后遗症

小时候，我曾用石头装填弹弓
因失手，击碎过某户人家的玻璃

后来，一块碎玻璃穿过我破破的解放鞋
扯出一阵疼痛，拽出一摊殷红
我一瘸一拐，路也一瘸一拐
哪怕到现在，每次只要看到
那粒不起眼的伤疤
记忆，都还冷不丁地疼那么一下

斑马

中枪之后，一匹
安然吃草的斑马，轰然倒下
连同波浪流淌的文身
荡漾的四蹄
斑马眼里滚落的两粒星光
借助电视屏幕
被慢放成子弹无形的尾翼
倒下的生命
轧倒了一片青草
和几朵，来不及避让的野花
就像它用死前的
最后一次反抗
给非洲草原的安静
与辽阔，扔下一颗原子弹

卷二

长风

打井

在坪洋村，给先逝之人挖墓穴
被称为打井，就像他们
到了地下，不住棺材
反而要住在水里
就像他们仍需要水淘米煮饭
洗衣、拖地，口渴了
还要来一瓢饮
更像走了一辈子的旱路，实在太累
这次得换一种方式，活，让水
载着
悠游

临危受命的几个男人，通常
一手提着光亮
一手扶着肩上晃荡的铁铲锄头
半夜出门，走向白日选定墓穴的山野
他们酒意未醒，脚步轻飘

他们开始打井，取出新泥
就胡乱地堆放在四周
他们，在墓穴里跳进跳出
比了又比，划了又划
有时甚至互放狠话、斗胆，谁敢躺下
用自己的身体亲测，为逝者
量身定做一个恒久的居所
如遇隆冬腊月，他们还会燃起
一堆柴火，凑到一块，就着那团
忽明忽暗噼啪炸响的摇曳
取暖，隔空跟逝者
聊一下天

绝唱

无论早晨，还是黄昏
在城市听到鸡鸣
我总会心头一震

鸡鸣何时从乡下搬进了城里
难道鸡群跟人类一样
也需要社会进步
也需要离开村庄，然后
住月供的商品房？

城里的鸡鸣
注定是孤独的存在
鸣叫者绝对是世界上仅有的王
哪怕，仅仅隔着一条街
也没有另一只雄鸡
扯着喉咙，回应
更不会一石激起千层浪

就像昨晚，我连夜从乡下潜回
怀揣一肚子晃荡的
酒水，与微醺醉意
就像天亮时聆听窗外的鸡打鸣
我下意识地摸了摸肚皮
生怕这具皮肉做成的牢笼
掐不紧一个已逝君王的脖子

我啊就这样静静地，躺在
癸卯年四月的早晨
却恍惚间发现没了鸡鸣
刚才光秃秃的那一声
竟成了喊故乡时的最后一嗓
和绝唱

两个人

看起来像一个游戏，更像
两个故意闭着眼
不看世界的人，他们
搭伴，走在街上
后边那个伸出手，搭着
前边那个的肩
两架机器，就接通了电
就听同一道指令
行进中，前边的
会微微仰头，把一只耳朵
交到天空的手里，拎着的
另一只，则对准地面
他们挥舞手中探路的棍子
这里磕磕，那里碰碰
像在四处找门，又像是
故意把一个好端端
人声鼎沸，车流喧腾的白天

走成漆黑无边，荆棘

横斜的荒野

可实属遗憾，谁也没有看清

他们是怎样蹚过的斑马线

如何，从幽深的巷尾

走到明晃晃的街头

甚至还翻过了那座环形天桥

每次看着他们，总让人

不禁想到两个人，被一道

空气，用一条胳膊做成的

扁担，挑着在卖

大风

昨夜的大风，扭坏了一户人家外挂的
空调机，脱落的机箱
如何被一根管线拽了一夜不放
就如何被这家人提到嗓子眼的心
拽了一夜，也就如何被大风抱着
叮咚——叮咚——
在五六十米高的墙上
摔打了一夜。第二天一大早
就有人过来，修好了已扩大至
整个小区的提心吊胆，成功
扶正了群里各种关于危险的论调
而至于昨夜的大风
哪来那么大的劲
除了搞破坏，还哀号了整个通宵
天亮后为何又像一道
突然解除的警报
去了哪里，再没人追问

面对捡起砖头的人

面对捡起砖头并垒起来的人时
我都赋予了绝对的耐心

几乎整整一个下午
哦，不，是去年的整个秋天
我终于看到了他们
眼里的神佛，和额头上的大河

他们将一块抹上砂浆的砖头
对准了另一块
有时，也压在另一块身上

砖头和砖头连起来是一个整体
高墙和高墙连起来是一个整体
迷宫和迷宫连起来是一个整体

从第一块砖头开始，仿佛他们
才是谙熟于在被困中穿行的人

敲打

哥哥握钎，父亲挥锤
和锤声一起砸在钎头上的
是父亲汗涔涔的一声：嘿——
父亲先是脱掉外套挥锤
挥着挥着就脱掉了破洞开了线头的毛衣
挥着挥着就脱掉了补丁重叠的体恤
露出胸前印了个"奖"字的红背心
也露出了古铜色的手臂肌肉
接着，两人面前的石壁
出现了一个洞——

三十多年前，八月下旬某天
我们父子三人要赶在开学前
用沙子凑足学费，顺带换点盐巴钱
父亲一次次提醒我：离远点
好像他手中的八磅锤，真的
会长翅膀，会冲着舀沙的我飞来

转过脸，又去提醒大我三岁的哥哥：
撑钎不在握有多紧，而是在于
稳

说着，父亲抡起大锤
又是一声：嘿——
一声一声，喊得映山喊得映水
一锤一锤，直打到汗流如注西山日暮
直打到钎头开花，花瓣枯萎
并在重击之后，其中的一瓣
变成一粒出逃的弹片
在哥哥的眼角挖开了一道血口
也直到洞的深度足够塞进炸药
和一阵闷响过后，父亲才像个
伏击得手的游击队长，吹着口哨
带领我们回家

鼓手

一岁三个月。这天晚上
儿子打开消毒碗柜，终于找到
他生命中的第一支乐队
像个天生的鼓手，第一眼
就爱上这个盛装大盘小碟
筷子、勺子和叉的秘境

起初，他只是尝试着触摸
瓷上的反光，尝试着
轻轻拿起，又放下。如此
重复，还有金属和塑料的
共同制造。后来，他开始敲打——

让竹子和瓷说话，左手
一个叉子，右手一个勺子
却不单纯，是为了演练
挡拆与攻击。整个过程

他只用微笑回应过我数次
因突生隐忧而慌忙提醒中的一次

就又沉迷于自己
制造的鼓乐声中
有那么一瞬间，我似乎
突然学会了隐忍之术，缄口不谈
坚硬之物往往易碎，还有
那些关于不是咸了就是淡了的
日常

要是可以，那时候我多想一直
静静聆听下去
用孩子一样仅有的痴诚
绝不允许，任何一丝世俗的眼光

谈论

朋友居住的小区，与监狱

仅隔一道加了铁丝网的高墙

白天，他只要往窗边一站

整个监狱，和里面生活的情景

便尽收眼底，尤其空地上

那些狱警与犯人，就像

一群统一着装的人与另一群

统一着装的人，在相互看管

在重复演绎以少胜多的经典画面

就像正义永远要战胜邪恶

可朋友有时也纳闷，他们

为什么每天要像一支

从不被常人熟知的军队那样训练

敬礼，跑操，喊一、二、三

听着号声起床、睡觉、就餐

当然，朋友有时也突然

一脸肃穆地反问：不知道他们

会不会也用同样的目光

在看高墙外的我们

会不会也像我们，在不停地谈论

人字

从车库出来，有一面人工栽种的
草坡，因求近
许多人一跨步，跳上护坎
继而小跑着翻越
到路对面的食堂去吃早餐
时间久了，草坡上就出现了一条
斑斑点点的路

以前经过那里，我也犹豫
要不要寻捷径，可每次
看到那块忽然多出来
歪插在草坡上的木牌刻字
"小草青青，足下留情！"
我一扭头，就又
舍近求远，继续绕道而行

最近一次经过，是今天早晨

草坡上已被脚步踩出
光溜溜的路面
不知被谁用锄头挖开
之后种了一二十棵绿植
远远看去，就像一个倒着写的
大写的，摇摇晃晃的"人"字

午夜从医院出来

午夜，从医院出来，车灯
为车灯照亮，车辆
为车辆送行，回家的路
已模糊成一个镜像

此前，来苏水味浓烈的走廊
那些慌乱中故作的镇定
那些望向天花板时长长的
憋住了的喘息和陌生的
彼此，对望时眼里跳动着灯盏

毫无疑问，是他们用身体
这面镜子，照出
病痛的模样，也照出
一个时代小小的慌张——

就在走出医院大楼的一刻

我像一只水中憋得太久的怪兽
仰头，一把扯开口罩
如黑暗中一双捂住我的手
突然松开

任由当空的冷雨，在我的脸上
跌倒，爬起，跌倒，又爬起

古镇

反复开挖一方山水，建古镇
没想到生活的大鼎也可以重铸
移走房屋，挪走村落，给祖坟换地
给钢筋和水泥刷上油漆
将仿古砖一路铺到荒野的尽头
花重金，把曾一度
想要消灭的草木又请回
房前、屋后，路旁和假山之上
将天南的古镇搬到海北
在本没有古镇的地方继续生长
几年前，我们曾慕名结伴同游一座
社交软件里暴热的古镇，与和我们
一样的今人游走在热闹的臆想中
有那么一瞬，还真恍若
又回到了古代生活
现如今再去，当初摩肩接踵的古镇
当初叫卖声热气腾腾的古镇

却只住着空荡荡
和满街烂菜叶挂着的旗帜

余音

广场上，演出结束
有工人在拆解，曾连夜冒雨赶建的舞台
如不是旁边被舞台遮挡的建筑物
一点点露出，一辆辆货车进场
还以为他们又换了一拨人
在表演拆舞台的大戏

他们把拆下的屏幕、放空自己的音箱
堆在一起，让拆下的钢架跟钢架
恣意摩擦与碰撞，发出
兵刃相交的轰响
那些来不及打扫，就被风吹着
在广场上四处游荡的丢弃物
多像看完表演散去的人

动作快的，三步两步就消失了

动作慢的，不是被当成绕梁的余音
就是被错看成戏里的孤魂

等待猛兽

早上九点的中医院，我被一剂
叫作加强针的猛兽，强行止步
三十分钟，在世界上
这段不长不短的时间，像为了
等待猛兽们窜入身体后发出
嘶吼，又不至于，对自然流淌的人群
造成过多惊吓，我选择带着它们
回到车里，关窗、上锁，并用音乐
予以安抚。笼子之外
再加一个笼子，成为困兽中的困兽
可那时，我依旧极度担心
它们会不会从我的身体，突然窜出
在与我对峙的同时，冲破藩篱
要知道，车身狭小
我无处可逃

捉放歌

高速路边上，云贵高原的油菜花
以 110 码的速度，开了
又谢，绵延的黄
被不绝的群山，捉了又放
我以 110 码的速度，奔赴你的城市
你的村庄，你的田野，你的河流
你租借于人世隐秘的花园小屋
似乎，每一次抵达
总不被提前告知，才一次又一次
错过出口，以至每次到最后
仍以 110 码的速度撤退，在路上
继续下一段奔赴与捉放
癸卯二月，春寒依旧
爱人的心，依旧在料峭中坚挺
又有谁知道，有时我们也以 110 码的速度
经过一座石碑林立的墓园
经过那么多沉沉睡去的爱与被爱

并迎头撞进，路途上

一场孑然而起的弥天大雾之中

鸣蝉

在坪洋村，逝者落土为安
之后，主家会请一拨
民间的道人，敲锣打鼓
击铙钹、拍惊木
一边扯着嘶哑的喉咙，唱
咚咚当，咚咚当
咚当咚当咚咚当——
超度亡魂，给房屋清除雾瘴
宽慰尚存于世的生者
声音忽远，忽近
像极了风中飘荡的蝉鸣
说不出有多熟悉
也说不出到底多陌生
咚当咚当咚咚当
咚咚当，咚咚当——
同样的唱词与腔调
唱完了这家，就开始转场

族谱

犹如一部，时时焐在怀里
却经常遗忘的经卷
堂哥搬来族谱，放在双膝上
也搬来四月的阳光和微风
堂哥捻捻指头，蘸上口水
把反折的破旧的
"亚阳寨吴氏宗亲族谱"摊开
一翻，就是几页
这怪不得他，因存藏太久
许多纸张，已完全粘连
也怨不得他，变得粗大的骨节
能搬动一块两百斤的石头
就是翻不动一本不足二两的
纸书。昔日灵巧的指头
也因厚厚的茧子和洗不掉的泥垢
不能，再与薄纸相认
一次次翻动，一次次跳过

仿佛故意为之，才好一次次
翻回，更像一个家族的过往
需要不停地不停地倒带
和重播，才能冲开阻滞
变得流畅，且准确诵读
每次，当我们都说起那些
只是听说，但不被记录在案的
祖上荣光，和抚摸那些
长久，但不被及时填补的留白
才会心生悔意

雨天的中年

阴雨，在中断了两天后又继续
窗台有多高它就爬有多高
山谷有多深它就跳有多深
一条河流无论有多远
它都跟着去，一路马不停蹄
这样的天气，我拒绝带伞出门
就像解剖城市的剑江河
和切割苗岭的龙头江
绝不会因为这场若有若无的雨
给一瘦再瘦的流水，踩刹车
绝不会赞成河床暴露的虚胖
我愿意放下步入中年的小心
将一头雾水，顶成氤氲的花白
愿意让它们就此寄生于
一个空乏的理由之中
不是掉落，更像是原路返回

可能

在梦里，我的生身之父死后
又复生，继续拖着
满目疮痍的病态之躯
在我们中间，来回
踱着老态龙钟的狮虎之步
那时候，悲伤的眼泪
还在腮边挂成一串串冰凌
我们，根本来不及将其擦除
他那与生俱来的王者风范
依旧披一身纹路汹涌的皮囊
从山顶，将阵阵风暴卸下
有时他也在微醺后
模仿古人，摔杯为号
开始向我们吐一口一口的胆汁
原来，从另一个世界回来的人
同样有种种的不幸
仿佛我们一直默默经历的

他也在默默承受

区别只在于，时空偶然裂变

我们是从父亲的身上，出走的

另一个父亲，我们的身体

依旧逃脱不了成为

又一个新父寄居成国度的可能

真身与赝品

夜里，我将抬起的头
再次低下
之前我在看天上，现在
我要紧盯着寂静的水底

我一直弄不明白
天上的月亮和水底的月亮
谁是真身，谁是赝品
它们各自为阵
还是互为一双

如果这样的情景可以流水线生产
为何又不把夜空和水底全部挂满

恍惚与好奇，一晃多年
那些被重复的今夜与往昔
总有一股神秘的力量

在一边推动一边打磨
把浮于月亮表面的锈迹磨净

让月亮圆了又缺，缺了
又圆，直到把月亮打磨成一块
又薄又亮的簧片
一边流淌着琴音
一边裸露着锋刃

哑鸣

又开始撞钟了

闲散的人，忙碌的人

一天，坐守空山的人

钟声穿过迷雾

有时候能够响彻九霄

惊动众神

有时候落入凡间

喊醒众生

可大多数时被撞击的钟

却选择了哑鸣

将声音压进体内

融入骨血

直至成为舍利，或琥珀

人世间，并不是

所有震颤都能发出声音

和同频共振

也不是所有的钟声

都来自高山密林
那些被埋藏的秘密
只有敲钟人能懂
只有听懂钟声的人
才能真正的心知肚明

围炉

与父亲聊天时，炉膛里的煤
正在慢吞吞燃烧
火和炉膛，也一副老态龙钟的模样

以至于锈迹斑斑的炉盖，硬生生
压住了炉膛里阒然而起的
一两声，沉闷的炸响

天一下子就黑了下来
多么的猝不及防啊，就像谈话中
父亲的咳嗽，一下又一下

就像许多早已忘却的人和事
不紧不慢，赶了长长的路，历经
万苦，又一次坐到我们中间

白发

是一根白发的反光
在对镜时，将一张中年的脸庞
照亮。那是潜藏于大地表层
众多黑色晚礼服中的
一个异己分子，终于露出了马脚
一如为了进一步确认和见证
这浮雕般的一刻，七岁的女儿
搬着一条小凳，一边飞奔
一边喊叫着：爸爸，爸爸
从客厅火速驰援——
妻子也推开书房的玻璃门
迈着读史明智的步伐匆匆抵达
她抬了抬手，像在
帮忙，更像要把你的脑袋
戳歪，方能揪出那个造反派

去晚辞

我似乎忘记，天亮后要出发
吱呀一声，母亲推开房门
叫醒我。不知过多久
又吱呀一声，父亲叫醒我

我害怕父亲，砸过来提高
且拉长的嗓门，更害怕
错过途经坪洋村的班车
我踢开被子，伸了个懒腰
这次才算彻底清醒

其实，晨光很早之前
就推开迷雾，翻窗进来提醒
今天要出远门，其实
昨夜睡下之前也曾说过——
今天是个出门的好日子

只是我忘了，那是
2001 年 8 月最后一天，工作
报到。要是错过一天
才有一趟的班车
就晚了，许多事情就
不好说。相同的事，一个人
一生经历的不多

姐姐经历过一次，当不上
卫校学生，成了下岗工人
哥哥经历过一次，标书
从窗口硬生生被推回
父亲去晚了，上交的公粮
收粮的人叫拉回去——

许多事情，但凡去晚了
其结果，还真不好说

拆房子的人

我想代替拆房子的人，请求
前人的原谅。他们在拆房子
从城里到乡镇，到村庄
一路上，似乎
唯有"拆"这一件事情可干

他们拆掉城里的矮屋和旧楼
让砖头散落一地，他们
拆掉乡下世代寄居的楼房
让木头，和泥瓦轰然倒塌
随之四散的，还有那些
曾居住在房里的大人小孩——

我想代替他们，跟被拆散的
砖块、瓦片和木头道歉
你们曾是一座座山上好的
泥淬火而成，顶着好价

筑起广厦千千万，你们曾是
自然的生长，无意成为的栋梁

当然，这些都还不是
关键。你们曾立意高寡，就是
死，或倒下，也要
用身体撑起一个个家
为拆你们的和四散的人
将每一个寒风冷月，关在门外
还要高举着孤灯一盏
为远行与晚归者，作牵引

太极

请相信，站在队伍最前边的
那个衣袂飘飘的老者
两手不是抱着一团圆鼓鼓的
空气，在兀自吮吸
就是套着一个隐形的橡圈
在那里不停地旋转

你甚至可以想象，他揪起
一个隔夜就发好的面团
在那里搓、揉、甩、捏
把好不容易拉长了的，啪
一声，又砸成一团，继而
带领一群同样衣袂飘飘的人
重复一个动作，直至清晨
变成黄昏，直至突然
空下来的位置又被来人填满
他依旧站在队伍的最前面

一遍一遍，表演抱残守缺

桃花

诗人们的桃花总是错着季节开

飞雪天依旧开得比蜡梅、比飞雪

还烂漫无度

窗纱飘动，熏烟浮游，古琴邈远

玻璃窗后闪过的少女，仿佛

被拯救的古意

我曾跟丢过一群进入乡村的同行者

误入一片桃林的滂沱大雨

撞进一场，风与落花的古战场

即使味蕾被击伤又能怎样

那些与生俱来的偏执，并没有

因此衰减一分

在女儿天生对粉红有着惊人的喜爱前

我把随身多年的佩剑摘下

轻松，如摘下一颗桃核

在春天

我在春天种下的富贵竹
在夏天长势良好
在秋天被赞美已高过阳台
我种的绿萝和吊兰
有着同样遭遇
一个胡乱爬满窗户
一个恣意伸出手脚
它们让我忽然想到来年
可以置身于一片丛林
而暗自得意和高兴
可冬天不管这些
一阵阵寒风，一场场冰雪
趁我来不及转移
就将它们的枝叶扒拉下来
将腰身硬扭坏
我都还来不及悲伤呵

也来不及将它们的尸身

埋葬，和坐下来想上一想

峡谷

大地治愈不了自己遍及四野的伤口

满世界都是多事之秋与多病之人

阳和大峡谷①似乎深谙其意

将自己交给峭壁与流水医治

对峙并非来自空穴

整整十年，天空这张账簿

清清楚楚记着，曾用过几味重要的药引

微风大风凉风暖风任取其一

大雨中雨小雨数场皆可

取雪和雷电适量，草木一枯一黄

四季皆可入药。再采落叶的翅膀

和虫鸣加鸟唱三两，至于云霞与星月

不在乎多少、浓淡，但凡有就好

良药苦口，良宵易逝

---

① 阳和大峡谷，位于贵州省都匀市归兰乡境内，两岸绝壁悬崖绿树葱茏，谷底
河道流水清澈见底。诗人曾在当地工作生活十余年。

文火慢熬，药成，十年已过
病已成疴

冰凌

整个午后，隔着玻璃窗
我都在默默地数着水滴
一滴、两滴、三滴
无数的水滴从一根，直指地心
也直指人心的巨锥上
一粒一粒，不紧不慢往下
撕裂着从冰凌上滑落

它们砸在水泥地上
如果世界够静，你会听到
水泥地轻轻地喊了一声
疼，或者，冷。
后来，水滴速度变得越来
越快，快到啪嗒的一声
水滴终于把那根冰凌
一把拽下，抱着一起摔下

二十年前，那个寒风
呼啸的冬夜，一个学生的
父亲外出喝酒，归来
一个人，摇摇晃晃
走在回家的路上
走着走着，就摔了一跤
走着走着，就从那条
高耸的田埂上啪嗒一声
一头扎进了结冰的水塘

往复

周末开车回坪洋村，全程
除了路再次被铺平，四周依旧群山
起伏、回落，与消隐
熟悉如相爱之人衰微的鬓纹
熟悉如我一直误认为换过车马
只要足够快，只要足够远
就可以甩开一切于千万里之外
熟悉如每次来自天空无声的告示
离开又回来，把重新走过的路
又走一遍，把翻过的山
又翻一遍，那样子
仿佛有什么一直都在丢失之中寻找
又一直找而不见

回字

回字形的大楼
窗户对着窗户
像口对口在说话
像一只眼睛
对着一只眼睛
在确认眼神

有风从天井里旋转着
升起
那是大地对着天空
在大口大口地
呼吸
不知怎的，就让人想到
两只缠绵的蝴蝶

除此，就是窗外
那棵大枯树上

一只鸟两手拽着
一根断枝在叫
它的声音像被山间
失速的泉水
反复搓洗的一面大鼓

远了，是回响嘹亮
近了，就是动荡

夏日午后

夏日午后的三里屯，沿街边的井盖
垒起一个直插大地的围挡
令人惊奇，在抬腿与落脚的瞬间
我们的身高居然比北京的平均海拔
高出了三十厘米

在那些有如赝品般，等待的间隙
我不止一次，目睹
风在舔舐街面时，空气中
尚未散尽的酒意，就是一阵一阵落叶
只轻轻一跃便顺利地翻过了
非洲某国领事馆的铁丝网和围墙
重重地，跌落在中国的大地上

不可否认，这火急火燎的风
也搬运着有如我长久居住的高原小城
那般令人呛鼻的灰尘

此刻，它们终于
成功诱发了我久未复发的鼻炎
迫使我立马掩住口鼻，又要
冲着世界，打出几个响彻云霄的喷嚏

突然

爆竹声，在快要下班时突然响起
响在无关紧要的远处
好像还擦到了低矮的那块云

是关于一场生与死的告示
还是别的什么值得分享的快乐
你看，夹在生死中间
人世的欢喜总在多数

就仿佛这无关紧要的爆竹声突然响起
推开凳子，起身，我又一次望向窗外

拉拽

起开井盖，仿如揭开一块痂壳
一个管线工人，俯下身子
往管道里望了又望
动作就像一只小鸟，在给
吃饱喝足后张开大嘴的鳄鱼
剔牙。除开洞口的
那一小撮地方
其他，都是一眼望不见的
黑和潮湿，甚至里面还有可能
住着虫蚁、蛇蝎……
可那个工人却只身
跳进了井里
轻轻跃起的刹那，简直像极了
一根头戴红色螺帽的钉子
被一个看不见的人
用力过猛地一锤，就以
闪电的速度，瞬间隐遁

也像这个城市张着一张
圆形小嘴，在众目睽睽之下
进食。先是将一根
黑色的管线，吞进去一节
嚼一嚼，再吞
继而才是被黑色管线勒在肩上
往前，一点一点拉拽的黄昏

追光灯

夜晚，从舞蹈班出来
女儿指着河对面的月亮，问
"爸爸，为何那月亮一直
一直追着我跑，我速度这么快
跳得这么高，为何还总被追上……"
我说，这或许是引力
和相距太远的原因
有些事和有些人，已经
过去很多年，可一旦想起
就跟刚刚发生没有任何区别
就像又回到了从前……
至于这些，心里突然的浮现
我只默默想了一下
继而告诉她，也许
还另有原因——月亮就是
舞台上的那盏追光灯
它要追着你跑，追着你动

就是因为它要一直将你照亮
就是因为它的背后一直有一个
默默无声，摇动追光灯的人

羽毛

多年前，在火葬场参加一个同事的
遗体告别式，聆听其丈夫
用眼泪和数次哽咽，回忆一个
贤妻良母，回忆一个女人
操劳短暂不易，被复制粘贴的一生
默哀的人群中不时传出的抽泣声
像极了一把失准的二胡
毫无疑问，那一定是
同事生前的至亲，闺蜜，挚友
那时候成排站立的人啊，就这样
被一把离世的悲伤扶住
扶成一座座内心寥落的活人雕塑
直到仪式散场
直到几个精挑细选的抬棺人
合力将遗体连同棺木，请出
我们才挪动脚步，送她最后一程
从灵堂，到羽化间，短短的两百米

不仅每一步都是陡峭

冬日低垂的天空还在给风递刀子

离世的悲伤终于用尽了最后

一丝力气，一把

松开她的丈夫，也松开了

那几个早已被眼泪掏空的亲人

可他们一旦缓过神来，就又想

挣脱旁人的束缚和劝说

要把被强行拿走的东西给一举夺回

我们也相信，只要放手

他们一定会再次遭到失败痛击

后来，有人说我们的同事已借

一股青烟从烟囱飞出

生怕别人不信，还指着一粒

掉落在衣服上，正不停翻滚的灰烬

说，你看，这就是她来和你告别时

慌乱中留下的羽毛

卷起

如果我们一路走来的脚印，可以
像一张印在纸上的字
被卷到一起，它们会不会
相互推搡，因此造成踩踏事件
还能不能相认，抑或重叠
如果重叠，会不会让人失望
在途经的千山和遍及的万水身上
只留下两个相依为命的兄弟
一个叫草鞋，一个叫布鞋
如果我们说过的话，发出的声音
也可以像纸一样卷起
会不会形成山呼，从而引发海啸
那些曾互不认同的观点
会不会就此吵起来
会不会指着对方的鼻子破口大骂
虚伪，多变，狡诈……
会不会从此一拍两散成为仇人

一个叫分崩，一个叫离析

像为了寻求某种不为人知的救赎

我曾不止一次痴痴地望着天空

悲哀的是，相同的一幕再次发生

大风被我卷了起来

翅膀被我卷了起来

星光被我卷了起来

就像接下来的某个时刻，我会忽然

起身，大步走开

化身

一岁多的儿子，与店里
那面宽大的墙镜，玩起了游戏
他不知道里面怎么会跑出一个
跟自己一模一样的人
他先是好奇地与之对视
接着扑过去，要一把抱住对方
更像对方想借此冲出镜子
然后是亲，嘟嘴，做各种表情
然后牵着左手，从镜子的这边
走到那边，换成右手
又牵着往回走，做好朋友
有时也停下，冲着镜子里的人
咿呀咿呀说话，贴近，一次次
抚摸对方红苹果的小脸
好几次，他还尝试着把镜中
那个与自己一模一样的人
找出来，走到镜子旁的试衣间

掀开帘子到墙后寻找，每次
看着回头时写满求助的眼神
我想告诉他，镜中的那个小朋友
既是他自己，也是他的化身
平时他就住在自己的身体里
只在某些特定的时候，才肯走出
与他相认

回音

终于，我借用中年午睡前
不多的时间，想了一下牙齿
还真是相爱相杀呵
那些被我，狼吞的食物
虎咽的酒水，早些年
就掏空了我的一颗座牙
现在，在掏另一颗

而且已经成功了一大半
我想要不了多久，后一颗
就会步前一颗的
后尘，像一粒空心的秕谷
哪天只要轻轻一碰
就脆生生落下，原本
好端端的牙床就这样，又多出来
一个孔洞

至于第三个，何时到来
我已没有猜的兴趣
要是哪一天你听我说话的声音
有些缭绕的轻飘，请相信
那一定是越来越多的孔洞
加在一起，形成的回音

卷 三

字 纸

雪照见的不仅仅是人心

用照见人心的方式
雪将一条通向旷野的路
再次照亮。我打算
接受一朵雪花的指引
在午后出门，穿过大街
到风雪中去，穿过小巷
自己把自己当成
风雪的一部分。有时
也像梦中猝火的蒲公英
怎么轻盈，怎么飞
落在什么地方，就在
什么地方扎根
与什么拥抱，就刻出
什么的形状。比如
一枚隆冬时节仍不忘
往天空露出血脉的枫叶
比如，一尾将水穿成冰

依然游动不止的鱼
当与一场更大的风雪
在抵达旷野的桥上相遇
你是否会发现，那些
白袍加身的石狮，已经
冲破了身体的藩篱
如猛禽般将天空再次搅浑

恍惚，已时隔多年

时隔多年，我故技重演
用抱过女儿的怀抱
怀抱儿子。在客厅里
绕圈，拉磨
唇齿间不时哼唱着
那首来自湘地的歌谣
翻译过来，无非是
宝贝乖，宝贝快睡——

我一直用右手
兜着儿子的小屁股
像托举一个新发现的星球
那时候不知是不是因为困倦
他小小的胸脯
一点点贴过来
呵，夜真静
均匀的呼吸背后夹带着

一大一小两面鼓

相互回应，也彼此熨平

省了辞

与绿博园一道竣工的，是一座
鹤立于群山之上的钢架铁塔
其结构，很容易让人想到
易碎的玻璃，包裹着
一具冰冷的身躯

我有过一次攀登塔楼的经历
那是几十年前的事了
一行几个年轻人
背着满身的无聊，也背着
满身的友情和朦胧的爱意，蹬着
一圈一圈，斜着向上的木梯
以螺旋的方式，登顶

那时候，总以为登高就能望远
总以为望远了就可以看到
接下来的路去往何方

可很多上山时想的事
下山后，转脸就忘，直到有一天
经过绿博园，隔空望见
阳光下一身亮晃晃的高塔

才忽又想起。很显然
如今登塔的方式已经改变
乘电梯，垂直上下
省力省时，好像把曾珍藏过古意的
那份心境也给省掉了

假象

为制造河流的假象

我用一个下午，到剑江河去

挑拣卵石，保龄球大小

鹅蛋大小，弹珠大小

如翻拣河流的舍利

装了一筐带回来

猛地倾倒入鱼池，随着

一声突来的轰响，池水一阵

飞溅，之后不停地摇晃

那些被长久圈养的锦鲤

平日里钓回的鲫鱼，都有着

同样的惊慌和失措

有的击出水面

有的一个劲沿着池子，绕圈

有的还在各自奔逃路上

发生剧烈的碰撞

待水池复归平静，它们

又像之前那样，悠游

在大大小小的卵石之间

追逐，嬉戏

如果有一天，我们也身处

地震，火山与海啸

无疑，我们也会跟它们

别无二致，紧抱一颗动荡的心

四下里逃亡，躲命

一旦摇摇晃晃的人间

趋于稳定，就又回来，跟从前

一样，继续，游来游去

缝合

撕毁久放车里，已近遗忘的
病历，这样就可以让父亲
与一生的病痛从此一笔勾销了吗
在离婚协议书上签下名字
写下一个确切日期
我的朋友，或者，你的同事
抑或我和你的什么什么人
是不是从此就可以，跟曾经
有过多恩爱后来就有多狗血的日子，还有
尚不知事的孩子互不亏欠
如果我们不曾相遇
如果我们没有我只有们
如果人世锋利的刀口无需淬水
可不可以，找到一种更好的途径
对苦痛进行无痛切割
对伤口进行无痕缝合

每个名字

叫一个人的名字
这个名字就把这个人的肉体和灵魂
一切视听神经
一身激灵

把名字写在纸上
就是户口本、驾照、聘书、结婚证
就是笔记簿、学籍、出入卡和工资流水
就是合同、通知、证明、发言稿、褒奖或批评
就是信件、短信息、电话、QQ、微信和朋友圈

把名字涂鸦在墙上、玻璃上
甚至，刻上树干、拓印到衣服、刺入皮肤
发到大街上商家滚动的大屏幕上
如果可以，后面再加上几个有意思的文字
若不是年少轻狂，就是态度硬朗
"敢"字当头一棒

把名字刻入石头
不是印章，就是碑文——

每个名字都想着该如何占有世上的一切
有意的、无意的
或，有用的没用的

反向

我不想在中午吃饭的时候

嚼到沙子，结果

我不想在散步的路上

碰见那个刚刚红过脸的人

结果远远看见对方笑脸相迎

我不想一躺下来午休

老是有电话打进来

熟人的电话，陌生的电话

还一波未平一波又起

我不想时间过得太快

不想许多想做的事还没提上日程

许多的远行还没有成行

结果就已人至中年

很多时候我就想，既然都反着来

如果不可能成为可能

如果可能转瞬变成了不可能

我可不可以，平生至今

未中过大奖，却说中了五百万
甚至数字大得惊人。包括
许多的肯定，逢人，是不是
我就都说可能，或不一定
许多已经发生又远去的事
我都统统矢口否认——
就像现在，一直一直爱着的人啊
我却只字不提一个"爱"字
就像前一秒刚写下上面这个字
下一秒，已进入新的时空

辨认

这个冬天，似乎特别漫长
窗边种下的油麻藤迟迟
不见发芽，看着攀附在
防盗网上的枝条，我一直好奇
是冻死的枯枝，走在
三十一楼的窗外，还是
活着的冬眠，在众目睽睽之下
把三十一楼，一举站成
爱的决绝？——
我啊就这样终日匆忙地进出
一直找不到机会，停下辨认
直到二月最后这个周末
提着剪刀剪下一些枯枝败叶
也剪下一些滴血带泪的腰身
才恍然间明白过来，我啊
如何一把一把放进来阳光

就如何将身后的房间，一点
一点，焐暖、拨亮

后悔

还后悔，就证明还激情满怀
还后悔，就证明还想爱与被爱
在大家看来，我的母亲
已经到了这把年龄，不该再
一不高兴就狂吐苦水，说后悔
后悔她十五六岁就嫁给父亲
后悔当年钻山林跳粪坑藏草窝子
硬是躲过工作队，生下我
——诸如此类，她说过许多
让我们每次听，不是脸红
就是耳赤，不是心惊
就是肉跳，可我们没有谁阻止
或劝说过她，仿佛所陈述一切的
一切，都是呈堂证供
但凡吱声，就都站在错误的反面
她甚至说过，她后悔啊后悔
后悔用挣命同等的方式挣钱

用拼命同等的方式，供我们

三姐弟上学，一把吐血

一把抹泪，把我们往外推啊推

哦嗬，到老，膝下无子

她和父亲，跟村里的鳏寡

和孤独有啥两样，别人受活①

而他们是眼睁睁活着承受

她还说啊，她后悔，在后院

种下太多的蔬菜，吃不完

回城时，硬塞给我们一些

把出好苞谷的土，种了树

也种了满坡满岭的杂柴和荒草

——我的母亲啊，哪怕年近七十

越来越像一个长不大的孩子

还不懂得认命，一生做过的事

刚刚撒手的事，还在经常反悔

---

① 受活：贵州方言，承受生活中的一切。

星球

在一场婚礼上，亡友之妻
出现在摇晃的人群中
多滑稽，如此环境
我居然会突然想起一个
刚刚故去的朋友。而且
还很快调整好了情态
拨开人群，还像以前
跟老朋友打招呼那样
简简单单，寒暄几句
其实，整个过程
我们只字不提亡友，即便
心知肚明彼此都在
顾此言它，对方的眼神
也不再游移和躲闪
多么滑稽的一幕，我们都在
熟练地运用那些只有
成年人才有的技巧与默契

不可否认，随着时间推移
亡友之妻已活成
亡友的样子，取而代之
继续生活在他们
曾共同生活的居所
也在我们共同的朋友圈中
只是我不知道，平时
她在想起他时，会不会
像一颗星球想着另一颗星球

嚼

多的就不说了，那些在路上
绵延不绝的省略号，破折号
被错认为斑马纹的等号
左拐右拐的箭头，和地网
指引，迷惑着
下班后汹涌的车轮
已经不再重要，一切迷途
注定只是暂时的，此刻
我们要像前面突然减速的
车辆，面对
突然的肠梗，抑或便秘
拉羊屎般，慢下，排队
通过痔疮复发的出口
似的突然出现的两条
把花斑蛇穿在身上的减速带
只要足够小心，你将发现
前面那辆过早减速

猫着腰身的小轿车，依旧
避免不了把突然拉起的
整个身子狠狠砸了下去——
一个人砸不烂的东西
换个人，继续砸
至于我们在坐的越野
就更不用说，身体仿佛
怪兽进食大张的嘴
生怕猎物再次脱逃，都还没有
彻底张开，就又快速咬合
咣当！一声，接着，一声
多像在啃骨头
多像一群饥肠辘辘的怪兽
群起攻之。这个世界上
一张嘴嚼不烂的东西
让另一张嘴，或更多的嘴一起
嚼

无主题

502，即：胶水
其意义不仅仅止于
断掉的门把手，摔倒的花瓶
和龇牙咧嘴的皮鞋——
忽然弹出的广告
好像说过，但凡一切
人世间已有的破损与断裂
不论材质、大小、多少
通通都可以黏合、复原
跟电焊如出一辙
跟原厂一样崭新
如此圣水不要只给我半瓶一只
请给我一箱，最好是整个工厂
我将用它涂抹在
父母皲裂的手脚上
被手术刀切开的皮肉上
被生活一把摔断的骨头上

甚至我会毫不犹豫赠予天底下
已分道的友谊，错失的爱情
迷途的婚姻，捏不拢的人心

无闻

有风无风，白天黑夜
山塘的水和岸都在一起
有多大，就装多少水
多余的，就任由其流出
在沟渠，挂瀑布
到更大的江河湖海去
说：腻、呆、坐、搂……
任何一个词，都可以
它们才不管浪不浪
有浪无浪，都是一天
浪大浪小，都是一对
有时它们也模仿人
给对方挠痒，痒
就挠重一些，不痒
就放慢速度，也轻一点
它们从未说比天大的
一切时间单位，它们

要扳着指头一天一天
慢慢数，慢慢过
说多了，或提前说了
难免会令人心慌、气短
它们更是无惧阴雨
要来就来吧，多一点
不多，少一点，不少
进退并非维谷，深与浅
也无非生活一时的水位线
它们，就像我们在乡下
默默无闻，在一起
活了快一辈子的父母亲人

机器

窗帘上透进熹微的光
在我身体里借住的人
叫我替他睁开眼睛，予以确认
人间是否已经醒来
每天早晨，我是如此乐意
为发号施令的人效劳
后来，他发出的指令是：起床
我这座被使用了四十年的
房屋，摇身变成一辆车
一键打火，开始颤动起来
轰鸣起来，冲出卧室
冲出家门，冲上车来车往的公路
满目的车，看不见一个人
那么多车飞驰在路上
那么多人坐在车里
满世界轰隆隆的机器
在拼命地奔跑，一刻不停

旋转

大陀螺小陀螺，都在旋转
广场上，追着它们挥鞭子的
大多是老人和小孩
同样的旋转
驴拉磨是一种
给新年数秒的壁钟是一种
走动的声音貌似在喊：
踢他、踢他……
它们之间究竟藏着
多大的生冤，多深的死仇
我曾在正当雨季的河边
看见浑浊的流水正在推动
一个旋转的水涡
消失的，是我们随手
丢下的一些树叶与花瓣
时至今日，它们去了哪里
仍不见踪影

还有，我们身处宇宙之中
小天体绕着大天体旋转
……一个又一个小黑洞
正被大黑洞，旋转着吸走
那么多关于旋转的谜团
谁能告诉我，为什么

如果雪也算得上是一场高空抛物

这是关于雪的一次隐喻
我曾隔窗而望的你也隔窗望见
我在雪的身上留下的印痕
毫不例外，你一定也做过
类似的事，包括某年
大雪天，有人固执地认为
你已被风卷走，被雪深埋
只是后来剧情需要
突然再次出现。而如今
一晃多年，当一场雪
从遥远的村庄追到城里
从遥远的北方或南方追到高原
还用儿时的小名不停唤你

忽然之间，你对雪有了
异于常人的理解
譬如说，如果飞雪也是

一场盛大的高空抛物
那么多的山峰，那么多的
河流，该怎么躲避
那么多尚未还清房贷的
高楼，那么多还没来得及
回去的故乡，那么多需要
一再联络的亲人，那么多
亟待医治的病痛，那么多的
正在走失

如果一场盛大的高空抛物
迟迟不来
或悬而未落，或，已经落下
只是到了半空就化开

群山的回应

我从一颗小的石头上起身
坐到一颗更大的石头上
想着自己一颗心
石头一颗心
哪个更密不透风
有时也像拍打老友的肩膀那样
拍打石头，等待回应

我把自己坐成一座房子
门窗悉数打开，泥灶上生火
搬进东西减少它的空隙
用自产自销的锅烧麻醉日和夜
想爱上谁就爱上谁
想怎样爱就怎样爱
原来，空间越小
越能发出迷人的声音

此刻，我坐到了群山中间
你是否听见
山峰与山峰
草木与草木，在耳语厮磨地交谈

鸟群又回到了红果树上

冬日漫长，山野里的一棵红果树
先是把西北风穿在身上
接着穿冷雨和冰雪

寒冷有多重
它就要穿有多厚、多白

突然，消隐的鸟群出现
它们怀抱着一个个空空的胃囊
以落叶的姿势
又回到了红果树上

真好，满树都是缩小版的冰糖葫芦
满树的尖刺还被一把冻住

鸟群开始啄食
它们拒绝春天的吵闹

像一群一夜之间长大的孩子
忽然在游戏中捉到了生活的真凶

吻过身体的流水

多年前的夏天
我们骑摩托
下山，到峡谷里去洗澡
跳进大地的衷肠撒欢
我们就跟满河的鹅卵石
浑然一体
后来事毕，我们或坐
或躺，在不同的鹅卵石上
晒太阳。其间
如果不是有人抽烟
路过的女孩
一定不会有所警觉
一定不会笑着别过脸去
现如今，时隔多年
每次想起当时的情形
那些抱过，也吻过
我们身体的流水

去了哪里，没人过问
也没有人知道其下落

爱情

一株开花的桃树，伫立在墙的裂口

有如一个家道中落的富家公子

穿戴着一生送过鲜花的总和

可见过它的人总隐隐担心

路过的风，轻轻松松

一把，就将它薅下

路过的雨，不费吹灰之力

一拳头，就把它打趴

却不曾有人能够参透

在绵密的枝头上，正跳动着的

那一丛丛奋不顾身的火焰

曾得益于至暗时刻

天空炸裂时惊现的一道

洪钟大吕的闪电

当然，也有人在谈论

它的将来，会不会被自酿的

果子，从墙头上压塌

有一天，它会不会愤愤然

从身后事先风景

事后废墟的城市中抽身，离去

画眉的歌声穿过笼子

画眉鸟的歌声，穿过笼子
再穿过，防盗窗的金属网
春天，画眉的唱段
并没有因为人为的屏障
而打折半分，尤其
当邻家阳台上的迎春花
为响应远山的苍翠
根本不在乎站在三十一楼的
高处，仍将一粒粒
细小的鹅黄，吐在云端

画眉，一边引颈
一边侧耳聆听，仿佛是在
确认自己的满腔的肺腑
是否，在楼栋与楼栋之间
引发回声，或者共鸣
那些赋闲居家的周末

清风拂面，如写意的早晨
当我把目光从窗外
撤回，却不小心与一双
小小的眼睛，在
隔空形成对视的瞬间
似乎凭空伸出来一只
无形的手，并猛地一下

拨动我身体里的那根
锈迹斑斑的簧片，旋即
迸发出，泉水叮咚的轰鸣

将脸高举成自己的天台

并非单纯地为了转移，你的注意力
我抽噎中的儿子，那只是
一个不成文的噱头。你的旧父
那个刚满 40 岁的中年男人
其实也想到天台上去，看一看
前几日他刨土，撒下的菜籽
萝卜青菜，长出两片鲜艳的
嫩绿没有，顺带着，瞧一瞧
四周群山，如何将一座
无序的城市慢慢旋转成旋涡
平时，他也经常把头，仰起
将脸颊高举成自己的天台
让风站在上面，让阳光站在上面
让浮云与想象掠过头顶
之后掷出小小眩晕的鸽群
也能在那里实现短暂的驻停
有时候他却发现

那些曾反复出现的泪水和浮尘
才是天台的常客，就像此刻
在你的脸上，不经意间
留过三次唇印的他，说不出的内心
也需要有人陪着喝一杯
哪怕在这空荡荡的天台上
哪怕只是走走过场，和短暂的一瞬

父亲，兼致无数个你我

自出生之后，我的父亲
一直都在远行的路上，他把行走
当作一生不可多得的事业
他走村过寨，翻山越岭，也跨越过
日夜奔腾的小溪与河流
他走啊走，仿佛除了走
别的都一无是处
后来，疾病变成一根根带刺的藤条
缠绕在他身上，慢放了
他内心惯有的速比，让他一天
比一天感到疲倦、沮丧
后来我们去看他，那是一座
他走了一生终究未能登顶的山峰
面对面，我们却不能伸出援手
只能目睹他
一步一步，从另一面退回到山脚
直到停下，直到重新出发

是不是所有的前行都需要负重

在路上，我曾与一辆负重
爬山的农用车相遇
它压低身子，绷紧全身肌肉
颤抖着，低吼着
还不时咳出阵阵浓烟

我相信，那是一种
我从未见过的慢
仿佛已经冷却，又仿佛
每一次都是死灰复燃

哪怕整个过程，农用车只能
一毫米一毫米，奋力
向上，推动自己；哪怕
有那么几次，就差那么一点点
因一口气喘不过来
由抽搐，到瘫软在地

它也要反复尝试，一点一点
碾着山路的崎岖和陡峭
继续前进

人世间，是不是
所有的前行都需要负重
是不是每一次负重
都需要一种慢来加以指引

相同的视角，我曾用来
放大太阳，却从不曾怀疑
从清晨到黄昏，天空和云朵之间
有没有刻下它深深的车辙
只在俯首时，这样的一幕
却经常与我迎面相撞

就仿佛一只蜗牛从一匹菜叶
爬上另一匹菜叶
就仿佛年迈的父亲，只有把背
一次又一次弯下来
才能带领我们翻过
村庄四周的一座又一座高山

那个说话结巴的人

那个说话结巴的人，又在
给我打电话
看着不停闪烁的号码
我的脑海登时蹦出来一句
为什么不短信不语音

每次还没有给出最终答案
还犹豫着要不要接听
电话却突然断了。像出于礼貌
每次我都会划开手机
拨过去——

这次，他没有约我吃饭喝酒
我也没有告诉他
路上车轮滚滚，我在飞奔
他依旧结巴，说一句
让我破译半天

全天下的人啊，都不理解他
但我知道，他那不是结巴
也不是说话自带诗的节奏
他其实与我们一样
哪怕生活再多的磕磕绊绊
也要竭力做到清楚的表达

我们在走路的时候突然想到了驴

每次饭后，我们都要走走
给身体里的驴
套缰、上绳
将杉木湖推动成一个大磨盘
我们给自己透一口气
也给驴透一口气

路上，遇见许多人
也遇见许多
草木一样的蓝天和云朵
他们也牵着自己的驴，在走
只不过他们中的大多数
看不见自己隐在身旁的驴
也看不见别人的
或者，他们中有人也早就发现
只是早已习惯心照不宣

人牵着驴走，也是驴牵着人走
各有各的方向和速度
气喘吁吁和气定神闲者兼有之
重要的是，每次走路回来
驴和我们又关在了一起

在玻璃的反面

什么时候自己也变成了
不愿被阳光直视的事物
需要拉上窗帘，才能
安稳入睡，才能在桌前
消耗长长的一段时间
大街上，被搅扰得
满世界流窜的尘土
大部分落在窗外，也有
一小部分轻松绕过了窗台
打扫卫生时，你不止一次
想着，也擦拭一下
玻璃的反面，可每一次
在面对垂直的地面时
你总是，快速地退回
那样子，简直像极了
悬崖勒马，更像千辛万苦

才找到了这个洞口，翻进来

刚好被人看见

与晨光交谈

晨光熹微，先后醒来的两个人
对着天花板说话
你在我右手过去一点
保持着恰到好处的距离
儿子在我们中间，至于女儿
则在你的右手过去一点

你对儿子说，将来
你还是早一岁读一年级吧
那时你老爸近五十，按理
都到了当爷爷的年纪
可你转口又说，如果
你大学毕业，如果你三十岁
才结婚，他就已是个古稀老人

——整个过程
刚满百天的儿子，一直

咿咿呀呀，像在含混地回答
说着说着，你就兀自
在那里嚷嚷着起床、起床
样子就像再往下多说一句
就自揭谜底，就自讨没趣了
要以最快的速度逃离现场

修补，但阻止不了真相

当我说出，补牙
便突然意识到，四十年来
太多的一语成谶
只要有东西一旦提上
修补的日程，就意味着
它们即将从生活中退场

我曾修过的一双皮鞋
缝补过的一件衣服
包括手表……放着放着
就不知所踪。至于
家里的冰箱、电视、洗衣机
被收购者带到了哪里
一样没有人能够知道

一栋居住多年的房屋
一条熟悉的路，路上的

一块砖头，和用砖头、水泥
一天天堆垒起来的绿化带
一棵打着绷带拄着拐杖
挂满吊瓶还被大网困住的树

——那些被撕裂之后
急需手术缝合的大地
与天空啊
并不能阻止我们说出真相

只要马车一停下来

马车，只要一停下来
只要将锈迹斑斑的轮子
卸掉，把马放归
青草疯长的山坡
就有了诗意的遗存
当然，更适合放置于
人心的博物馆

在它空荡荡的车板上
曾装过柴草
曾装过农具和粮食
曾装过泥巴石头，和嫁妆
也搭载过我快马加鞭的
过往
可最为清晰的一幕是
驮着一家人外出归来
走在暴雨突袭的路上

消失在岁月中的马车
向前挪移了长长一段
父亲的中年，曾被它
重重地摔落在地，幸运的是
屋宇的抬梁在遭受
突来的重击之后
只掉下来几丝轻飘飘的扬尘
就又复归原有的平静

真好，与生俱来的负重
与驰骋，竟可以
在命运中握手言欢
那张静止于虚无中的影子
也在我每一次转身时
以一缕烟云缭绕的存在
被存入琥珀中

我曾摇晃过天空的虚无

躺在无名的草坡上
跟随少年的马
还在身旁吃草，打响鼻
我在观察一株芭茅
如何用尾翼，将天空打扫
如何掸掉白云身上的灰

漆黑的夜晚，少年
将手电的光束
先是扫射一下前路和身后
随即又对准了天空
关闭、点亮
让无数的光柱瞬间塞满夜的空

那些曾被我在少年时期
摇晃过的虚无
落下来风雨、雷电

却从未落下星辰和月亮
也从未落下花瓣和果实
如今，时隔多年

我已习惯将视线分别从
远处、高处
想象的尽头，收回
早已不再为仰望天空
这口一直倒扣人间，空荡荡的
大缸，而感到丝毫恓惶

电梯

之一

电梯轰隆隆上来
又下去

一天天，一月月，一年年
电梯有时坏了，就像
无人乘坐时，一把
将自己停住
或在高处，或在低处
或久久悬在半空
有时则刚刚停下
就又轰隆一声猛咳着启动

电梯就是最好的"易经"
满即缺

电梯不会说话

只会哼哼

多拉了一个人是这样

少拉一个人是这样

自己拉着自己

上上下下也是这样

电梯就像一个激情饱满的人

随时待命

电梯就像一个波澜不惊的人

多少、轻重，无所谓

电梯像极了我们中的某个人

认命

之二

电梯整天都在上上下下

运送人，运送货物

运送人们鞋子上掉下来的泥和生活垃圾

有时也运送，空气

电梯直来直去，不在乎，不嫌弃
默默，每天都在重复一个相同的动作

父亲二题

题记：庄稼催人老，农事催人忙。

之一

逆着晚风，父亲
放下农具，背对我
弯腰，左一下
右一下，肩上
背上，裤腿上
用那件手上的外衣
不停拍打自己

每拍打一次，那些
暗藏的尘土和汗味
就受惊吓似的

纷纷逃遁

它们有的，先是在风中
飞一小段
而后才偷偷
落回大地
有的则不偏不倚
射进我的眼睛
就此引发海啸

之二

他们的父亲，突然
在朋友圈的一段段文字
一张张图片中闪现

他们的父亲，从白天
一直活到永夜
更早，似乎还可以
追溯到骑在膝盖
或肩膀上的童年

他们的父亲啊

不是曾迎头痛击大风

就是身披雷鸣闪电

不是一生逆水撑船，就是

活成了他们

所有的，雕塑

每年六月的第三个星期

天底下，忽然就多出来

那么多的可怜人

又都很幸运地找到了

已失散多年的父亲

说来羞愧

这么些年，我没找过父亲

哪怕就在这个

仪式感暗涌的日子

跟他坐在屋檐下的时候

也无非，饭后

聊一聊天而已

卷四

短歌

临水辞

此刻，曾被无数次重组后摧毁
跟着芦苇摇碎的阳光
一点点，已替我
将手中的瓶子放空、放平

此刻，无言时与一卷溪流对坐
紧握手中的空瓶
再次被空气撑满
如火焰在胸中暗合了心跳

像为了寻找一株爱的罂粟
制造出来一些轻微的碰撞
此刻，来一次深呼吸吧
就仿佛鱼跃出水面的一刻被拉长

一粒不停奔走的沙子

一粒奔走的沙子
生出翅膀之后被风找到

一粒奔走的沙子
在眼睛里生产泪水

一粒奔走的沙子
离开指缝闯入粮食的队伍

一粒奔走的沙子
掉进鞋子之后拼命喊疼

一只鸟试图将所有的羽毛都挤压进体内

午后的窗外，三根
如琴弦般，来回拨弄云块的电线
在弹奏一只，试图
将全身的羽毛都挤压进体内的鸟

从一根，到另一根
在三根游丝之间腾挪跳跃
风大一些，弹奏的动作就大一些
风停了，就更换曲目

像为了赎回生活中那些
琐碎和不被触及的极少部分
整个中午，我只能一动不动坐着
总害怕一不小心就弄出异响

可有时候，仿佛都坐成了一块
风化多年的石头，窗外的天空

也已经空无尽头
为何，预设的共鸣还迟迟不肯发生

碎裂，与修补

又一个，被挖开的土丘
裸露出新鲜的面孔
人们试图通过毛刷、牙签
和一把，在相同境地中
被反复使用的刮刀，一点
一点，将古人的生活
与千丝万缕的大地剥离

拾起土层中散落一地
无序的、破碎的
陶片，需要进行一次
又一次彻底地、小心翼翼地
收集、清洗和拼接——

而至于那些碎裂过后的陶罐
为何还要修补，其中
为什么还总有几块

残片，找而不见

没关系，用曾拥抱过它
和压坏过它的泥，填充
就仿佛医治染疾的身躯
和还原不断磨损的心，但凡
有些许尚能接近其本真

不止

题记：道可道，非常道。

登福泉古城[①]，前朝的古城垣
顶住了枪炮和强人
却在岁月中溃不成军，那些
原本居于高处的石头，再次
落草
有些还掘地三尺，被运到
八卦河上，摆放成曲线状
交给每一双过河的鞋子

我不止一次，在一个地方

---

① 福泉古城，即福泉古城垣，位于贵州省福泉市境内，始建于明洪武十四年
（公元 1381 年），距今六百多年。

见过相同的景象
如今，这些曾经腹鸣不止
外加龇牙咧嘴的石头
性情突然变得温和，仿佛
既学会了倾听潺潺的水声
也懂得了该如何与流水相处

无限事

走出菜市场，时间
尚在清晨，将孩子送进幼儿园
之后，地球并未停顿
你将因此了解，猪肉的价格
除随时令，还分四肢、脏器、大骨和肋排
至于猪头与尾巴上的几根白毛或黑毛
达成共识：火烧
你不曾对生活重男轻女
你将贩卖蔬菜的老人错看成父母
因此常常高价买回妻子调侃欲说还休的生活

太阳弯曲

谁曾欣赏过弯曲的太阳，当死亡
离开惊慌失措的水面，一个女孩
在二十年后成为母亲，迎接
新生的风，就会再次回到河岸
动听的鸟鸣就一定会穿过傍晚的
森林，将那些如命运的白云
当成砖块在天空中不停地搬运——

爷爷

据说，爷爷死后剃了个大光头

那些被一刀一刀剃掉的风霜
后来又从坟头
长出来

每年清明
一脸肃穆的我们
都会把坟头的杂草清理一遍

样子就像刚刚活回来的爷爷
又一次离开了人间

一条鱼的一生

有谁知道，一条鱼的一生
要跃出多少次水面才能真正地完成
有谁知道，如果跃出水面的不是鲤鱼
这个世上也没有什么龙门
只是因为在水里待得太久，需要
呼吸一口新鲜的空气
和看一眼水外面的世界——

如果可以，尝试着也把空气都换成水
我们是否也可以像鱼一样
蓄积一切力量，每次
哪怕只是为了猛地一下击穿水面飞起
哪怕吧嗒一声
又掉回水里

窨井

题记：它们可是大地与人类共用的听诊器。

应该，从一开始

我们生活的城市就病灶缠身

只要足够细心，你会发现

我们四周密布着一个个孔洞

每次俯瞰它们，都会误以为那是一只只

气色昏沉的眼睛

每次穿过它们，总不禁想到

陷阱

直到有一天午夜突然醒来

耳朵里灌进汩汩风声，才恍然明白

它们是大地和人类

共用的听诊器

神经末梢，早已贯通每一条街道

和每一栋大厦每一层楼
终日接收着人类的车轮滚滚和污水横流
而它所反馈的满肚子恶臭与黑水
可曾唤醒更多的死却的魂灵

如果火车突然停下

我们，停下来等火车通过
看火车在两山之间呼啸着穿行
短短的一截铁轨
有时快一些，只一眨眼的工夫
一列火车就从头到尾
跑完了，自己的一生
有时候慢一点，会让人觉得
所有的车厢是在悬停中被搬运
为此，我们常常陷入某种矛盾
眼前的火车到底搭载了些什么
如果是粮食和蔬菜
如果是煤炭和石油
如果是棉花和布匹
如果是跟着季节南来北往的人
如果他们中有人与我们相爱
如果经过眼前的这辆
锈迹斑斑的火车，突然停下来

用省略号交谈

不说，是不是可以理解为不可言说
无声，是不是可以解释为无声胜有声

几个人聚到一起，用省略号谈话
一次次用眼神破译密码
不是兴味盎然，就是义愤填膺

仿佛，不能言说的才最能引发共鸣
不能发出的声音，才最能直击灵魂

大雪如盐

曾不止一次，有人将盐
从高处撒下，落满大地
摊开的伤口

大雪是谁手中的盐
遇水融化，遇火坚挺
在出门和归来时
将一个人披在身上

就像某个不为人知的时刻
突然的冷，都如此幸运

隐喻

儿子推着凳子，在客厅里
巡游。他走走停停，有时
转身望向身后，再望向四周

后来，他一把推开凳子
张开双臂，摇摇晃晃
独自行走，跌倒、爬起
继续摇摇晃晃跌跌撞撞向前

他像在用行动与之前的爬行
与依附，甚至是援手，说不
态度决绝，当然，更像一个
众所周知的隐喻

谈论，兼致海子

每场谈论，都源于一次
未曾谋面的美。在唇齿之间
有持续升腾的迷雾，或烟火
那是冷暖气流，在抱团、取暖
而花朵依旧在废墟的高处
等待，又一次被光找到后
迅速逃离

那是季节的列车在转场
去另一片天空下，将自己凋谢
而此刻，被忘却的何止
谈论本身，更多的鸟鸣
纷纷坠入山涧与峡谷
变成高山与流水最后的对决

往下。我们之中自然有人要谈及
人生，忽然的苦难与欢乐

至此，世间一切声音
便可戛然而止

无主题

我曾在某个夏日的早晨
只身一人
迎头闯入一场弥漫的大雾
接受一场盛大的
拥你入怀

我乐意被包裹
乐意在这干净的白中
成为一截黑色的树桩
或鱼刺，一点一点
被以敲打的方式，嵌入人间

冬日，出门偶思

人至中年，我尚未学会
贴地飞行的本领
冬日出门，迎雪而往
都是任由漫天夹枪
带棒的羽毛，用穿过
夜晚和河流的方式
轻松穿过我，任由无数
均匀的白，给一座山
一棵树一株草添衣加袍
而不愿摇落它们
甚至，默许它们
以同样的方式，将自己
堆积成一个移动的雪人
并借此大发感慨
自己刚好穿过人间
最为密集的石头阵

却又无比幸运
绕过了种种虚设的陷阱

万物静默，致辛波斯卡

午夜醒来，"万物静默如谜"
寄居蟹回到了螺壳暂居
就仿佛星球选择背对着太阳
或者，是光被压进了灯管内部

如果长久的静默之后你突然听到
空气中"噗"地一下，你会不会
想到凭空里跳出了一朵火苗
也许，那是一只刚刚出窍的蛾子
在用羸弱的翅膀拨动了海啸

偶遇，忧与愁

是什么将一只蚂蚁带上了三十一楼
还是，我们突然闯入了一只蚂蚁的世界
彼此发现的瞬间，我和女儿和蚂蚁
就已经完成了人世间所有的对视

一只蚂蚁为什么会出现在三十一楼
一百多米高的楼层，就靠它那四条
细胳膊小腿，要走多久，爬的楼道
还是外墙，中途会不会对迷宫一样的楼层
流连忘返，会不会遇见突起的大风
雨点，或者别的什么高空抛物

还是蚂蚁混同我们，乘坐电梯
轻轻松松，就完成了一次说走就走的旅行
完成了一生不可多得的壮举
可六岁的女儿却一个劲地追问：它的家人
会不会因找不见它而急得团团转

怀念，兼致诗人

二十年前，我曾拽着一根绳子
在校门的水井边吊桶打水
下去，上来
然后把好不容易打上来的水
倒得满地都是

我不知道，二十年后
我是在怀念二十年前的自己
还是在怀念，那泼得满地的水
最终又回到了井底

人间冷暖，兼致卡夫卡

隆冬，回到久别的坪洋村
从角落里翻出锈迹斑斑的铁炉
塞进柴火，用闲谈点燃
和驱散先前塞满屋子的清冷
夏日，我们仿佛回到密室
在空调的吟诵中找寻天空
春天，在路上捡起一片落叶
那些曾被我们寻获
又遗失了的，都写在了上面

被时间复刻的一切

车辆在道路上飞驰
女儿突然大放嗓门
"爸爸，刚才，窗外的山坡上
出现了好多的老祖祖——"

当青山与白色的墓碑
再次在车窗外闪烁
女儿竟一语道破我多年的忌讳
时间也就此终止了一切

星期一上午九点的候诊大厅

星期一上午九点，细碎的灯光
从候诊大厅的天花板上倾泻而下
那些曾淬过火的地砖，在承受
候诊者内心的打磨时，发出了
夜鼠啃食玻璃的啸叫

终于，手术室对着通道的门
吱呀一声，轻微地抖动了一下
又抖动了一下
一直处于压缩状态的空气，瞬间
便涌动成了春日北方浩荡的冰河

刚才那把空荡荡但坐满目光的轮椅
此刻坐着的，是谁满心羞愧的父亲
一道慢放的闪电推着他，也推开了
候诊大厅哑然无声的丛林

时间暴徒

从山里回来
带回来树叶、花瓣和蘑菇

从河边回来
带回鱼虾的腥气和满身湿

相爱过的人
藤蔓可以在风中相互渗透

暖流飘荡
时间暴徒顺手掳走了孩子

在 KFC 小坐的午后

落地窗，正对着穿城而过的大街
这是 2022 年 3 月 26 日中午
等餐的间隙，不禁让人想起
那首儿歌，想起"数鸭子"
并不只是小孩学数数的游戏
那时，如果将街上成群的车辆
换算成鸭子，那么尾气怎么算
扬尘怎么算——三三两两的
声色犬马和街边落叶自带的慢动作
又怎么算，隔过玻璃，突然
撞上来的侧目一瞥，与被捕捉后
心中那小小的慌乱，又怎么算

击鼓谈诗，兼致昌耀与 LI

有人在深夜击鼓谈诗
吐纳、冥想——

鼓声喑哑，每一次
都仿佛肺腑动荡

终于，搬空整座高原
我们互为鼓的两面

鼓声喑哑，每一次
都是共鸣后几近失声

余音还在辽阔处碰壁
而谈诗者，早已隐匿

旧信

一封旧信，掸掉信笺上的蒙尘
如擦拭一张老唱片，无须唱机
瞬间，一纸往昔拉抵眼前
力透纸背的字迹，分明藏着火星
只要眼神在上面轻轻一碰
嗒的一声，就窜出来一团光晕

簇新的火苗，在记忆的暗室里
不停地搅动空气，当咔嗒声不停
当死灰复燃，当一场熊熊大火
持续蔓延，有人似乎因为太过担心
一着急，就越过了中间的几页
才发现落款，并没有想要的归期

穷游记

穿过坪洋村的水流，早已没有
鱼虾可以自投罗网
早已没有欢叫寄赠给后来的童年
流水与沟渠，已自废武功多年

我们曾到访一个山中的村庄
面对折断的房梁和倒塌的门扉
无数次将手伸进空无一粒火星的夜晚
无论如何，再也掏不出
那些在时间里自然熄灭的事了

远去的亲人，纷纷走向墓地
而草木则跟着风和雨水步出了山林
有的，也从低处的沟谷上来
慢慢聚拢，就像我们再次故地重游

谁在暗中观察

在楼顶时，习惯了仰目天空
也习惯了埋首低处
静止或移动的事物，比如
行道树、街灯，行人和车辆

每次走在路上，停下来时
视线都会无端地落进草丛
落在怀揣心事，三五只
寻寻觅觅走走停停的蚂蚁身上

有时候，是不是有人也这样
不动声色，在暗中观察着我们

搬动的，或搬不动的

这个中午，几个人合力
搬运一张旧床

像为了表达不舍的倔强
经过数次翻转
才勉强在浃背的汗水中
找到适合的角度
将它抬着出门
塞进电梯，捆绑到车厢上

每次想起整个搬运的过程
每个人小心翼翼的模样
就仿佛当初有人
还睡在那床上
朋友们害怕任何一次
轻微的抖动与磕碰，都会
把沉睡的人从梦中惊醒

夜雨谣

夜里，躺在床上听雨
和雨谈心
你会听见
前边的雨压低了嗓门
在喊后面的雨
至于都说了些什么
完全分辨不清
就像某日，隔着一扇
虚掩的门，有说有笑的
妻子女儿

只是不小心刚好被你撞见

一场雾与一场雾相互对穿

起雾了
一场从河谷低处被缓缓推送上来
而另一场正滚动着慢慢步出山林

素昧平生的两场雾
在一个无风的早晨，各自
穿过坪洋村的旷野
相向而行，以此合围世界

那是它们在表演
一场空前绝后的推搡和挤压
并打破边界，实现相互渗透
让两场雾合二为一

我始终相信，那些远隔
千山万水的相遇

完全陌生但后来相拥入怀的人

一定是受了雾的牵引

月亮谣

又一次相遇。仿若
与旧友换的一盘磁带；播放时
卡顿与沙沙声
依然阻止不了，一首老歌
在天空中成为绝唱

遥望夜空，就像遥望内心
你会参透滞留河岸
最好的方式，依旧是
互为推手的卵石与水流

今夜，一只飞速旋转
直至静止的盘子
被乌云擦过，被白云擦过
也被无数双汗津津的手擦过

刀光辞

我曾见过世界上最锋利的刀光
那是十多年前，在阳和 ^① 一个
不知名的水族村寨，说不清
是多少分之一秒
手起，刀落
牛头坠地，可四肢依然站立——

---

① 阳和，即贵州省都匀市原阳和水族乡，现区域规划后归属兰水族乡境内。

垂钓辞

题记：一花一世界，一树一菩提。

"世界上没有非钓起来不可的鱼"
这是垂钓者多年的哲学养成
可说这话的人还枯坐在水边
用瞄准的方式，细数风向
和那些与希望成反比的波纹

某个时刻，时间终于选择出手
被掏空的太阳仿若一只出逃的气球
倒挂在一棵接近枯萎的树上
而一次次跃出水面的诱惑
与垂钓者，依旧隔着一个空钩的距离

临崖记

临崖之人，还在凝视着远方
似乎在抵达之前就已彻底遗忘——

想象着头顶那在旋涡里飞行的星空
远处的苗岭山线，与天低处的烟雾

其实，脚尖的风早已替他迈过悬崖
替一个人提前尝试了一把临危不惧

还有什么能比遗忘一路的空阔和辽远
还更能令人一语不发，请你告诉我吧

忍痛，给女儿

她把《童话大王》的精彩片段
偷偷，重复播放了三遍
她反复看了又看
如不是时间与笑声出卖了她
如不是不想让她被自己的喜好宠溺太久
我真不愿提醒她，忍痛割爱

这一点，与我们大人恰好相反

江湖

村中有一个老人行将就木

年轻时，他从都市退守乡村
自称江湖中人
他曾在自述中，顺手
薅过别人家的布匹；从快速
行驶的火车上一跃而下
一个标准的滚地龙，嘿！
居然毫发无损
他曾一拳掀翻一头耕牛——
随即也就度过了
洪水激越的盛夏

一年前，我碰见面色乌黑的他
被风扶着，在村道上走
话音飘忽，笑容飘忽
别过之后，我回到了村中
他则一步一步走向擦黑的山林

在九龙寺旁的山顶

仿佛，参不透生活的禅意
九龙寺的海拔
从未被人提及
可在九龙寺旁边的山顶
一眼，便可以参透低处
整座城市排兵布阵的玄机

我们指认一些建筑
被划分的区块
一如在揭露，人世的秘密
几近相同的场景
也曾出现在二十年前
那时候，一对青年男女
他们爬山，经过九龙寺
就像经过某些失去

流水自带擦洗功能

流水自带擦洗的功能——

在早晨擦洗河床；在黄昏
和夜晚，擦洗
下水道的时候，顺带
擦洗城市灰蒙蒙的天幕
有时候也擦洗
人类身上的衣物，手上的
一匹菜叶子，甚至拖把

流水终日擦洗着
一个城市的身体
这个城市好像一天干的都是
脏活累活重活，吭哧
吭哧，洗出来的
不是苦水就是黑水
虽然远看时，身披金衣

影子谣

影子打在墙上
它并不能真正地深入石头
相反，它被墙与地面
硬生生折成
各种角度

印在水面的影子
瞬间挤出电波
像一个人，忽然
被生活翻转和摔打
即便被搓揉成碎玻璃状

有时候，透过裂隙
可以清楚地看见
另一个自己站在反面

天空，兼致虚无

天空高远，大地坦荡
它们永远互为两条平行的
明线，与暗线

此刻真好，下雨了
是雨拉近了天、地、人的距离
再也没有人、鬼、神三界

雨，越下越大
像两个相爱之人
在此相互渗透，交换内心

魔术，及其他

我曾亲眼看见一个魔术师
在舞台上，捻捻手指
就掏出来一只
拼命扑闪着翅膀的白鸽
接着一抖手，就在空中
拉出了一条白丝线
卷着卷着，就又
抽出来一枝玫瑰
后来，是把一个大活人变没
那时候我们怀疑
是不是有什么秘密通道
在有与无、虚与实之间
自由来回，而我们
只能看见别人愿意让你
看见的那一部分，譬如
有时候的人心

回荡

牛，在山坡上吃草
不知是从火堆里刚刨出来的土豆
还是刚冲破地球表皮的青草，太烫
它得吹一吹，一吹再吹
以至我的整个青少年时代，总能听到
呼哧呼哧的声响

如今，时隔三十多年
我又回到苗岭上的村寨，看着门头上
那具高挂着的白骨森森的牛头
竟忽然感觉
那鼻息声还在四周回荡

毛玻璃

把经过打磨制成的毛玻璃
装上窗户
其实，有些东西，比如：面孔
没必要看得太清
有时候，我们只需要一道
一晃而过的虚影

如果，每个人的心里也有一块
这样的毛玻璃
许多的事情，是否也就
可以得到平衡

天空在说话

天空在说话，云块和落日
就是声音
在白天说夜晚的话
在夜晚说白天的话

天空每天都忙着搬运
有时，抬头的一瞬
却发现被天空反复说过的翅膀
全无踪影

天空一直在说话
说月亮的话，星星的话
说梦的话，说不想说的话
很显然，再多的话
也装不满天下

忽然

忽然，下起雨的夜里
忽然，发现楼下的雨棚
入住七年，至今未拆
我曾在白天将脸
贴在窗玻璃上看过
那蓝色的隔音层
已不知何时
被阳光的蚕，啃食殆尽
露出了一脸金属的锈迹
那时，它是多么安静
就像我曾不止一次，被他
搅扰过的梦境和愤怒
而此刻，是雨
找到了生活的症结
以掏空自己的方式
以赴死的方式，一磕再磕

星期天的花鸟市场

星期天的花鸟市场
不是被鲜花，就是
被鸟鸣高举
不是被那将阳光披在
身上的悬铃木，就是
被剑江河的潺潺流水高举
不是被涌动的脑袋
和乱晃的目光，就是
被一眼望不到头的
熙熙攘攘高高举起
于是，忙碌了一个星期的
人，和脚下的这座
高原小城，终于可以
将那些久憋胸腔的
五颜六色和悦耳动听
大朵小朵、大口小口
痛痛快快，呼出来

任何一种

在墙的拐弯处
所有行走，都变成
直角转弯
明与暗，听命于
脚步制造的声响
与无限接近
就仿佛任何一种出现
都自带突然性
比如一面墙的白
与人影的轻飘，或摇晃
比如两股来自
不同方向的气流
在头顶上方猛烈碰撞
却找不到第三个出口
比如，同时走出
拐角的两个人

互为惊吓的瞬间

和侧身后，完美的对让

雨天凭窗

坐在窗边等雨
也像在等老朋友
等一朵云和另一朵云
在天边交汇后,何时才能
浩浩荡荡,碾过头顶
何时才能把村庄的颜色
一点一点加深,直到
降下来一场旷世清凉

想象,总能给人以力量
在持续无雨的等待中
我在后院种下的青菜
已被太阳舔净,玉米
停止灌浆,稻谷停止抽穗
高粱也再难红脸膛
农事冒着青烟,大河啊
也瘦出了深凿大地的河床

这时，总能忽然想起
父亲，那个但凡天气
有所风吹草动，痛风
就会在骨肉间绝处逢生
并迅速生长的农人
此刻，是否正敞开
衰老如褡裢的肉身
在午后坦然安睡，是否
在醒来后，和我一样昏沉

还是欢笑

六岁的女儿，要从沙发
起飞，在大声地叫着停机坪
你微笑，掩住有些小小慌乱的内心
还是摆开了马步
像明知扛不起生活全部的重量那样
还是一把，接住她的欢笑